Lisa Lassen
Gedanken eines Großstadt Mädchens

Hallo an alle Leser,

diese Geschichte soll provozieren, zum Denken und Diskutieren anregen. Sie soll keinen verletzten oder bloßstellen. Es sind reine Gedanken. Bitte informiert euch immer über alles, bevor ihr Sachen in die Welt posaunt.

.

Lisa Lassen

Gedanken eines Großstadt Mädchens

Impressum

Bibliografische Information der Deutschen Nationalbibliothek: Die Deutsche Nationalbibliothek verzeichnet diese Publikation in der Deutschen Nationalbibliografie; detaillierte bibliografische Daten sind im Internet über http://dnb.dnb.de abrufbar.

Die automatisierte Analyse des Werkes, um daraus Informationen insbesondere über Muster, Trends und Korrelationen gemäß §44b UrhG („Text und Data Mining") zu gewinnen, ist untersagt.

Lektorat/Korrektorat: Julia Koch / Matthias Kaschmer

Verlag: BoD · Books on Demand GmbH, Überseering 33, 22297 Hamburg, bod@bod.de

Druck: Libri Plureos GmbH, Friedensallee 273, 22763 Hamburg

ISBN: 978-3-8192-4862-7

Inhaltsverzeichnis

Gedanken eines Grossstadt Mädchens

Wir Menschen? Eher eine Fehlkonstruktion mit Hang zur Selbstzerstörung!

Ich glaube, wir waren schon immer ein Haufen wandelnder Widersprüche, unfähig, uns selbst aus dem Schlamassel zu ziehen, das wir ständig anrichten.

Wer zum Teufel war so bescheuert, Geld zu erfinden?

Ein bedrucktes Stück Papier, dem wir allen Ernstes einen Wert zuschreiben, der jede Logik sprengt. "Hier, nimm dieses wertlose Stück Zellstoff, das ist jetzt dein Ticket zu einem Dach über dem Kopf und Essen auf dem Tisch!" Was für ein irrsinniger Tauschhandel! Und hat es unser Leben wirklich einfacher gemacht? Ja, vielleicht beim Bezahlen, weil wir nicht mehr mit Kühen und Hühnern hantieren müssen. Aber ansonsten? Ein Albtraum aus Ungerechtigkeit und Neid ist entstanden.

Und wer hat eigentlich festgelegt, dass eine Putzfrau, die den Dreck anderer Leute wegwischt, weniger wert ist als ein Müllmann, der denselben Dreck abholt? Beides Drecksjobs, beides unerlässlich, aber einer wird dafür gefeiert, der andere verachtet. Willkommen im absurden Theater der Leistungsgesellschaft!

Wir schuften uns jeden Tag den Arsch ab, um dann mit lächerlichen 25 Urlaubstagen abgespeist zu werden. Das sind knapp 7% des Jahres! Wir verbringen mehr Zeit damit, für unseren mageren "Urlaub" zu sparen, als ihn tatsächlich zu genießen. Und dann? Zurück ins Hamsterrad, Tag für Tag, Monat für Monat, Jahr für Jahr, bis wir zu alt und verbraucht sind, um überhaupt noch etwas davon zu haben. Und selbst der Tod ist ein teures Vergnügen geworden!

Und krank? Ach, da gehen wir doch erst recht arbeiten! Weil wir so unglaublich dumm sind! Wir wollen ja die Kollegen nicht im Stich lassen, die uns im nächsten Moment in den Rücken fallen würden, wenn es ihnen einen Vorteil bringt. Und bloß keine Minuspunkte beim Chef sammeln, der uns sowieso für selbstverständlich hält. Lieber stopfen wir uns mit Schmerzmitteln voll, die uns nur kurzfristig betäuben, und verteilen unsere Viren großzügig im gesamten Büro.

Ein Lob vom Chef? Fehlanzeige! Nicht geschimpft ist genug gelobt. Aber wehe, wir machen einen Fehler!

Dann hagelt es sofort Vorwürfe und Drohungen. Und wehe, wir haben es mit Kunden zu tun! Da verwandeln wir uns in lebende Blitzableiter, die jeden noch so unberechtigten Frust abbekommen. Wir sind schuld am Regen, an der mangelhaften Ware, an der Schneckenpost und daran, dass der Toaster vom Tisch gefallen ist.

Manchmal wünsche ich mir, ich könnte den Rest meines Lebens mit Steinen verbringen. Die sind wenigstens ehrlich, halten die Klappe und wollen nichts von mir.

Krieg und Waffen: Der Gipfel menschlicher Idiotie

Und als ob das alles nicht schon schlimm genug wäre, haben wir auch noch Waffen erfunden! Ursprünglich, um uns vor wilden Tieren zu schützen. Aber schon in der Steinzeit haben wir kapiert, dass man damit auch wunderbar andere Menschen umbringen kann. Und seitdem machen **wir genau das!**

Kriege, weil wir unbedingt das grüne Gummibärchen haben wollen, obwohl wir schon ein rotes haben. Kriege, in denen nicht die Kriegstreiber ihr Leben riskieren, sondern irgendwelche armen Würstchen, die man an die Front schickt, um für die Machtspielchen der Eliten zu sterben. Ist ja egal, ob sie verrecken oder nicht, da gibt es ja noch genug andere Dumme, die man nachschicken kann.

Und das Absurdeste: Wir haben Regeln für den Krieg!

Man darf keine Krankenhäuser oder Rettungswagen angreifen! Das THW ist auch tabu! Als ob Krieg ein zivilisiertes Picknick wäre! Wenn ich Krieg führen würde, würde ich diese verdammten Einrichtungen als Erstes dem Erdboden gleichmachen! Dann könnte niemand mehr die Verwundeten retten, und das Elend wäre perfekt! Aber nein, das darf man ja nicht!

Die einzig sinnvolle Lösung für unsere lächerlichen
Streitereien wäre doch, die Hosen runterzulassen und den
längsten Schwanz entscheiden zu lassen!

Oder uns einfach solange die Köpfe einzuschlagen, bis
einer nicht mehr aufstehen kann. So würden wenigstens
nur die Idioten leiden, die den Krieg wirklich wollen, und
nicht die unzähligen Unschuldigen, die in dieses Gemetzel
hineingezogen werden.

Politik: Ein Rentner-Stadl mit Verfallsdatum

Und dann diese Farce, die wir Demokratie nennen! Wir wählen angeblich unsere Vertreter, aber am Ende gewinnen doch immer die Gleichen, solange es noch genug alte Leute gibt, die an ihren verknöcherten Ideologien festhalten.

Und diese Rentner-Parteien verbünden sich dann mit dem letzten Dreck, den niemand gewählt hat, nur um ihre Macht zu sichern.

Ob sich etwas ändern würde, wenn mal jemand anderes am Ruder wäre? Keine Ahnung. Für mich ist das wie die Wahl zwischen Pest und Cholera. Es gibt einfach keine gute Option. Vor allem, weil diese Parteien von Rentnern bevölkert sind! Wie sollen die denn wissen, was die Jugend bewegt? Die sind doch schon im letzten Jahrhundert stehen geblieben!

Und wir? Wir glauben diesem Pack einfach alles, was sie uns erzählen! Wir lassen uns von ihnen einsperren, lassen uns zwingen , uns mit unsinnigen Masken zu verhüllen, und horten Klopapier, als stünde die nächste Eiszeit bevor. Was für ein lächerliches Schauspiel! Ich hatte fast den Eindruck, einige von uns wollten das Zeug wirklich essen!

Und während wir brav zu Hause hockten, feierten die Politiker ihre geheimen Partys und machten Urlaub auf unsere Kosten.

Impfpflicht, Testpflicht – wir waren wie dressierte Affen, die brav "Ja und Amen" sagten. Eine schreckliche, traurige und wahnsinnige Zeit, in der wir gezeigt haben, wie unglaublich naiv und leichtgläubig wir sind.

Wir haben uns etwas in den Körper spritzen lassen, das kaum getestet war, und jetzt stellen wir fest, dass es doch nicht so harmlos war, wie uns versprochen wurde. Tja, zu spät!

Und das Gesundheitssystem? Vergiss es!

Es geht nicht darum, uns zu heilen, sondern uns gefügig zu machen und unsere Symptome zu betäuben. Deshalb gibt es Medikamente: Sie beruhigen uns, legen unseren Körper lahm und betäuben unsere Sinne, damit wir weiter brav funktionieren.

Ein Arztbesuch ist wie Russisches Roulette! Wer Glück hat, bekommt einen Termin, solange er noch lebt. Und ob die Behandlung dann hilft, ist reine Glückssache. Ich selbst bin ein halbes Jahr lang von Pontius nach Pilatus gerannt, habe vier MRTs über mich ergehen lassen und mir alle möglichen Horrordiagnosen anhören müssen, nur um dann zu erfahren, dass ich einen seltenen Tumor hatte, von dem niemand wusste, ob er gut- oder bösartig ist.

Zum Glück war er harmlos, aber was, wenn es Krebs gewesen wäre? Dann wäre ich wahrscheinlich schon längst unter der Erde, bevor überhaupt jemand wusste, was ich hatte!

Herzlich willkommen in Deutschland, dem ach so wunderbaren Land mit seiner angeblich so tollen medizinischen Versorgung, in dem niemand hungern oder leiden muss! Das war vielleicht mal vor hundert Jahren so, aber heute ist das ein schlechter Witz!

Und dieses ganze Öko-Gedöns? Was soll das bringen, wenn nur wir unsere Atomkraftwerke abschalten? Es gibt Länder wie die USA und China, die um ein Vielfaches größer sind als Deutschland und auf jeden Umweltschutz scheißen.

Und auch ohne unser Zutun wird die Erde wärmer oder kälter. Das hatten wir schon immer! Warum sind wohl die Dinosaurier ausgestorben? Wegen zu viel Feinstaub?

Wir Menschen sind nichts weiter als Parasiten für diesen Planeten! Wir roden die Wälder, betonieren alles zu und vermüllen alles mit unserem Dreck.

Wir haben der Erde nichts Gutes getan, wir saugen sie aus, bis nichts mehr übrig ist.

Jeder Einzelne von uns ist ein Umweltsünder!

Wir produzieren Unmengen an Plastik, das mittlerweile überall ist: im Wasser, in den Tieren und sogar in unseren Lebensmitteln. Vermutlich schwimmt es auch schon in unseren Adern! Und das Absurdeste: Selbst beim Metzger darf man seine eigene Tupperdose nicht benutzen! Nein, alles muss in Plastik verpackt werden!

Glaubt eigentlich wirklich jemand, dass wir das überleben werden? Entweder wir schuften uns zu Tode, die Sonne brät uns wie Spiegeleier, die Erde friert ein wie eine Tiefkühlpizza, oder wir verhungern, weil wir alles kaputt gemacht haben. Oder wir sterben an dem ganzen Plastik, das wir uns einverleiben. Oder irgendein Irrer drückt doch noch diese verdammten roten Knöpfe und beendet dieses groteske Schauspiel.

Manchmal denke ich, es wäre das Beste für diesen Planeten, wenn wir alle gemeinsam diese Knöpfe drücken und diese Farce hier endlich beenden würden!

Kinder und Gemeinschaft: Das Ende der Menschlichkeit

Und dann sollen wir auch noch Kinder in diese kaputte Welt setzen! Warum? Wenn alles um uns herum zerfällt, alles immer teurer wird und wir keine Zeit für unsere Kinder haben, weil wir uns 24 Stunden am Tag, 7 Tage die Woche den Arsch aufreißen müssen, um überhaupt über die Runden zu kommen? Klar, es gibt Kindergärten und Schulen, aber die kosten ein Vermögen! Eine endlose Spirale der Ausbeutung! Wir arbeiten noch härter, um unsere Kinder nicht zu sehen, damit sie von Fremden erzogen werden. Und wehe, der Partner haut ab! Dann stehen wir da, alleinerziehend, pleite und mit einem Kind, dem wir nichts bieten können.

Und nicht nur das! Unsere Kinder werden von anderen verzogenen Gören in der Schule verdorben, gemobbt und verprügelt, wenn sie kein iPhone 15 haben und keine Markenklamotten tragen. Sie lernen eine Sprache, die sich anhört, als hätte jemand die Hälfte der Wörter rausgeschnitten, und dürfen abends nicht mehr alleine vor die Tür, weil draußen zu viele gewalttätige Idioten herumlaufen, die ihren Frust an Wehrlosen auslassen.

Heutzutage kannst du Menschen verprügeln, abschlachten, vergewaltigen und missbrauchen, ohne dass dir wirklich etwas Schlimmes passiert.

Schlimmer ist es, wenn du den Staat betrügst! Steuern hinterziehen, illegale Filme herunterladen oder sonstigen Unfug treiben.

Und die Gemeinschaft? Ein Relikt aus längst vergangenen Zeiten! Wir Menschen sind Rudeltiere, aber das haben wir komplett vergessen! Heute heißt es: Ich gegen den Rest der Welt! Jeder fährt seine Ellenbogen aus, rücksichtslos und egoistisch.

Wir rammen andere mit Kinderwagen und Einkaufswagen in die Hacken, nur weil wir unbedingt zwei Millimeter schneller vorankommen wollen. Im Bus müssen Schwangere und alte Menschen stehen, weil der selbsternannte König Kevin unbedingt seinen Arsch auf dem Sitz parken muss.

Im Ausland benehmen wir uns wie die letzten Deppen, nur weil es gerade ein dämlicher TikTok-Trend ist, lautstark Musik zu hören und zu tanzen, auch wenn das in diesem Land als respektlos gilt. Rücksichtnahme? Ein Fremdwort!

Fragt man jemanden um Hilfe, bekommt man nur ein genervtes "Kannst du das nicht selbst?", "Benutz doch

Google Maps!" oder es wird einem einfach nur pure Ignoranz entgegengebracht.

Wann sind wir alle so verbittert, so zynisch, so unglaublich herzlos geworden? Ja, die Welt ist ein Drecksloch.

Aber genau deshalb sollten wir doch zusammenhalten, uns gegenseitig helfen und wenigstens versuchen, ein bisschen Menschlichkeit zu bewahren!

Aber nein, wir starren lieber auf unsere verdammten Smartphones, die wichtiger geworden sind als jeder echte Kontakt. Ich habe selbst eins, ja, und ich bin auch ständig daran. Und manchmal wünsche ich mir mein altes Nokia 3510i zurück, mit dem man nur telefonieren und SMS schreiben konnte. Da haben wir wenigstens noch im Hier und Jetzt gelebt, sind zu unseren Freunden gegangen, wenn wir etwas wollten, und wussten, wo sie sich aufhalten.

Früher hat jeder auf jeden aufgepasst. Heute kann dich jemand in mitten einer Menschenmenge abstechen, und niemand sieht etwas! Alle sind plötzlich blind und taub.

Ich könnte wirklich nur noch kotzen! Dieses ständige Lästern, dieses Missgönnen, dieses von oben herab behandeln, dieses abartige Konkurrenzdenken – es ist einfach nur noch krank!

SICHERHEIT?!

Kennt ihr dieses Wort überhaupt noch?! Oder ist das nur noch so ein verstaubter Begriff aus Omas Mottenkiste?

Früher, ja früher, da war es SCHEISSNORMAL, dass wir Gören erst heimkamen, als die Straßenlaternen angingen. Kein Handy-Terror, keine GPS-Tracker am Knöchel, kein Helikopter-Eltern-Wahn. Man wusste instinktiv: Das Kind ist sicher. Die Alten auf der Straße? Die hatten automatisch ein Auge auf dich, auch wenn du nicht ihr Blag warst. Das nannte man Gemeinschaft, ihr Pfeifen!

Und als Frau? Da konntest du im Minirock und mit Ausschnitt bis zum Bauchnabel durch die Nacht tanzen, ohne panische Angst haben zu müssen, dass dir irgendein Widerling K.O.-Tropfen ins Glas kippt, dich im nächsten dunklen Park auflauert oder in irgendeiner versifften Ecke über dich herfällt. Von wegen!

Und was heute abgeht? Da fallen sogenannte "Freunde", eine ganze HORDE von denen, über ein Mädchen her, nennen das dann "Party" und behaupten hinterher mit unschuldiger Miene, SIE hätte es ja so gewollt. Klar doch! Und unsere Justiz? Die winkt diese testosteron-gesteuerten Primaten dann oft genug durch! "Sie hat sich ja nicht gewehrt."- "Sie hat nicht laut genug NEIN geschrien." Keine sichtbaren Verletzungen – also alles easy.

Mir kommt die Galle hoch! Ich könnte im Strahl kotzen, direkt auf die Roben dieser realitätsfernen Richter! Diese Monster gehören nicht vor Gericht, die gehören an ihren Eiern aufgehängt und als Mahnmal auf dem Marktplatz ausgestellt!

Unsere Polizei? "Stets bemüht" – der größte Witz des Jahrhunderts! Klar sind die bemüht, wenn sie mal wieder mit Blaulicht zum Falschparker rasen oder den nächstbesten Kiffer hochnehmen. Aber wenn's brenzlig wird? Dann sind sie entweder unterbesetzt, überfordert oder schlicht am Arsch der Welt, nur nicht da, wo sie gebraucht werden. Und die Gesetze? Ein Schweizer Käse, durchlöchert mit Schlupflöchern für jeden Drecksack, der clever genug ist, sich rauszureden. Ein feuchter Traum für Kriminelle, ein Albtraum für jedes Opfer!

Zivilcourage? Das Wort könnt ihr im Duden bald streichen! Ist doch viel bequemer, die Augen fest zuzumachen und die Kopfhörer lauter zu drehen, wenn neben dir einer zu Brei geschlagen wird. *"Warum soll ICH mich in Gefahr bringen? Solange MIR nichts passiert, ist die Welt doch in Butter!"* Diese widerliche Gleichgültigkeit, diese "Ich-zuerst"-Mentalität kotzt mich genauso an! Jeder kriecht in sein Schneckenhaus zurück und hofft, der Kelch möge an ihm vorübergehen. Erbärmlich!

Und was ist die logische Konsequenz aus diesem ganzen Wahnsinn? Die Praxen der Psychologen quellen über!

Wobei, "Praxen" – wenn man überhaupt einen Termin bei den wenigen Therapeuten bekommt, die es noch gibt. Kein Wunder, dass jeder halbwegs normale Mensch an dieser verkommenen Welt zerbricht. Du wirst nicht therapiert, um gesund zu werden, sondern um diesen täglichen Irrsinn, diese Perversion von "Normalität" irgendwie zu ertragen. Um die kaputten Arschlöcher da draußen zu "verstehen" und gefälligst tolerant zu sein gegenüber dem Abschaum, der unsere Gesellschaft vergiftet. Wir sollen den Wahnsinn also einfach akzeptieren lernen? Geht's noch?! Wir sollen uns anpassen an eine kranke Welt, anstatt diese kranke Welt endlich zu ändern?

Nein, danke. Nicht mit mir. Dieses System ist am Ende. Und wer das nicht sieht, ist blind oder profitiert davon.

Wo soll das alles hinführen?!

Deutschland

Wir waren mal ein gutes Land. Ein stabiles Land - mit guten Jobchancen, top Bildung und anderen Ländern weit voraus, hohen medizinischen Standards, hohem Pisa-Wert, kaum Kriminalität - kurz gesagt ein Land, wo jeder gerne wäre.

Und jetzt? Jetzt sind wir ein Drecksloch, regiert von Clowns und Idioten!

Los - fahren wir es an die Wand. In der Pisa schneiden wir schlecht ab. Gut bezahlte Jobs gibt es nicht mehr. Viele Firmen schließen oder gehen ins Ausland. Unsere Ärzte sind überfordert und zu wenige. Nachts kann man nicht mehr alleine nach draußen. Jeder denkt darüber nach, schnell wegzugehen aus Deutschland. Unsere Rentner verhungern, da das, was die Politiker Rente nennen, eher ein schlechter Witz ist. Unsere Jugend verdummt. Die Reichen werden reicher und die Armen immer ärmer. Die Schere wird immer größer.

Und die Mittelschicht? Wird von allen Seiten gefickt! Von den Bonzen da oben und den Schmarotzern da unten!

Freiheit!

Dieses große, schillernde Wort, das uns wie eine Karotte vor die Nase gehalten wird. Wir könnten ja angeblich tun und lassen, was unser Herz begehrt.

Aber mal ehrlich, wer von uns fühlt sich wirklich frei, wenn die unsichtbaren Ketten so verdammt schwer wiegen?

Und dann die Meinungsfreiheit. Klar, auf dem Papier, in **Artikel 5 unseres ach so tollen Grundgesetzes**, da steht sie. Aber wehe, du tanzt aus der Reihe! Wehe, deine Meinung passt nicht in den vorgefertigten Mainstream-Korridor oder die politische Agenda. Dann bist du schneller "Nazi", "Schwurbler", "Covidiot" oder "Systemling", als du "Demokratie" buchstabieren kannst. Die sozialen Medien, einst als Hort freier Rede gefeiert, werden durch Gesetze wie das **Netzwerk Durchsetzungsgesetz** zu Zensur Maschinen, wo Algorithmen und übereifrige Melder entscheiden, was gesagt werden darf. Im Fernsehen? Da wird deine abweichende Meinung zur Randnotiz degradiert, ins Nachtprogramm verbannt oder gleich ganz rausgeschnitten – Zensur light, sozusagen. In manchen Ländern riskierst du dafür dein Leben, bei uns "nur" deinen Ruf, deinen Job und sozialen Frieden. Ein Hoch auf die Toleranz der angeblich Toleranten!

Unsere Spielregeln? Die diktiert eine politische Kaste, die sich immer weiter vom Bürger entfernt. Gesetze werden im Eiltempo durchgepeitscht, oft genug unter dem Deckmantel irgendeiner "Krise".

Und sind die Regeln erstmal da, werden sie so flexibel wie ein Gummiband – immer so gedehnt und ausgelegt, dass es für die da oben passt. Für uns? Da bleibt oft nur das Nachsehen und das Gefühl, nach einer Pfeife tanzen zu müssen, deren Melodie wir nicht mal mögen. Denk mal an die ständig wechselnden "alternativlosen" Entscheidungen, die gestern noch undenkbar waren und morgen schon wieder überholt sind.

Traumjob? Berufung? Lächerlich! Die meisten von uns schuften nicht für die Erfüllung, sondern für die Miete, die explodierenden Energiepreise und den vollen Kühlschrank – eine **Tatsache, die Studien zur Arbeitszufriedenheit immer wieder untermauern: Sicherheit und Einkommen stehen oft über der eigentlichen Tätigkeit.** Die "freie" Berufswahl ist doch ein Witz, wenn am Ende des Monats die Zahlen nicht stimmen. Klar, einige wenige "Verwirklichte" gibt's, die ihre Leidenschaft zum Beruf machen – oft genug aber nur als schlecht bezahltes Hobby neben dem eigentlichen Brotjob, der die Seele auffrisst. Kreative Berufe? Wer nicht von Haus aus reich ist oder unglaubliches Glück hat, hat einfach Pech.

Ist das die Freiheit, von der sie immer reden?

Und schon in der Schule wird der Grundstein für die Unfreiheit gelegt.

Einheitsbrei statt individueller Förderung. Stillsitzen, Klappe halten, nachplappern, was der Lehrplan – und oft genug ein überforderter oder uninspirierter Lehrer – vorgibt. Wer da querdenkt oder einen anderen Weg braucht, ist der Störfaktor. Kreativität und kritisches Denken? Nur, wenn's ins Schema F passt. Das Ergebnis: eine Generation von Angepassten, die gelernt hat, nicht aufzufallen und bloß keine Fehler zu machen.

Die Krönung des Ganzen? Die Gesellschaft selbst! Dieses anonyme Monster, das mit tausend Augen über uns wacht und urteilt. Bist du zu laut, zu leise, zu bunt, zu schlicht, zu dick, zu dünn, zu nonkonform – schon klebt das Etikett auf deiner Stirn. Individualität wird zwar wie eine Monstranz vorneweg getragen, aber wehe, du lebst sie wirklich abseits der akzeptierten Nischen! Dann hagelt es Blicke, Getuschel, Ausgrenzung. **Mobbing, ob in der Schule, am Arbeitsplatz oder online, ist ein weit verbreitetes Phänomen mit gravierenden psychischen Folgen für die Betroffenen.** Wir sind umzingelt von ungeschriebenen Gesetzen und Erwartungen, die uns in eine Form pressen, die selten unsere eigene ist. Wer da ausbricht, braucht ein verdammt dickes Fell – oder geht unter.

Das ist die Freiheit, die sie uns verkaufen? Ein Käfig mit goldenen Stäben vielleicht, aber immer noch ein Käfig. Zeit, die Gitterstäbe zu erkennen und vielleicht mal ordentlich dran zu rütteln!

Wir alle leben nur noch vor uns hin. In voller Hektik. Angst um unsere Zukunft oder unsere Altersvorsorge.

Der Tag hat zu wenig Stunden, um alles zu bewerkstelligen, was man eigentlich tun MUSS.

Was muss passieren, damit die Menschheit aufwacht?

Das wir anfangen uns zu wehren?

Wir laut schreien: NICHT MIT UNS?!

Können wir uns jemals wieder erholen? Ruhiger werden? Zusammenhalten? Hand in Hand? Keine Sorgen mehr haben? Mit der Natur im Einklang leben? Uns nicht mehr streiten über rote und grüne Gummibärchen, sondern uns auf das Wesentliche fokussieren?

Wird es jemals besser? Oder doch nur schlechter?

<u>**Denkt darüber nach.**</u>

Lisa Lassen

Am 24.02.1991 in Stuttgart geboren. Mit 16 Jahren die ersten Geschichten geschrieben und im April 25 ihr Debüt "Die außergewöhnlichen zwei" veröffentlicht.

Sie schreibt alles, was ihr in den Kopf kommt. Kinderbücher, Thriller Dramen oder auch Satire.

Auch vertont Sie die Werke von anderen Autoren.

www.sakuravoice.de

Weitere Werke von Lisa Lassen

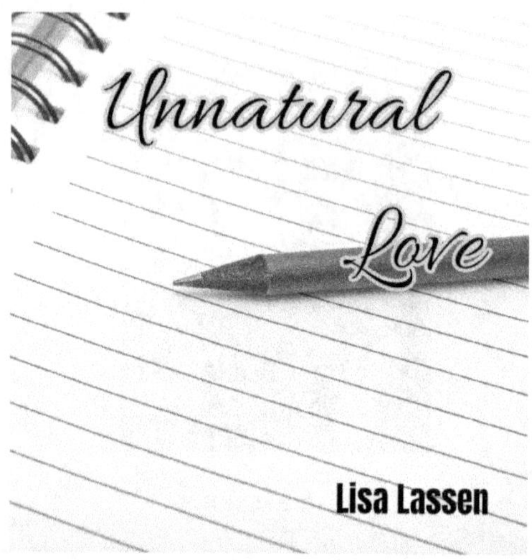

Bisher nur als Hörbuch veröffentlicht

In den düsteren Straßen von Salt Lake City wächst Richard in einer Welt der Vernachlässigung und Gewalt auf. Seine Mutter, überfordert und emotional distanziert, behandelt ihn mit Härte und Ablehnung. Was als Liebe getarnt ist, hinterlässt tiefe Wunden in seiner Seele.

Im Hochsicherheitstrakt von Colorado, Jahre später, blickt Richard auf seine grausame Vergangenheit zurück. Er erzählt von seiner obsessiven Liebe zu Mary Jane, einer Frau, die er auf perfide Weise in seine Gewalt gebracht hatte. Ein Strudel aus Manipulation, Entführung und Folter. Ein erschreckendes Psychogramm eines Mannes, der Liebe mit Besitz und Grausamkeit verwechselt. Die schonungslose Offenheit und die düstere Atmosphäre des Buches ziehen den Leser in den Bann. Eine Geschichte, die unter die Haut geht und noch lange nach dem Lesen Unbehagen hinterlässt. Ein verstörender Einblick in die Psyche eines Täters und die Abgründe der menschlichen Natur.

Bisher nur als Hörbuch veröffentlicht

Triggerwarnung: psychische und physische Gewalt

Genre: psychologisches Drama

Ein Mädchen, dessen scheinbar perfekte Welt durch ein schreckliches Geheimnis erschüttert wird. Jahre später versucht sie, aus den Schatten der Vergangenheit zu treten und ein neues Leben zu beginnen. Doch die Narben des Erlebten sind tief und das Monster unter ihrem Bett scheint sie auch als Erwachsene nicht loszulassen.

Bisher als Hörbuch und als Hardcover veröffentlicht

Inmitten eines idyllischen Waldes beginnt ein ungewöhnliches Abenteuer. Als der kleine Elefant Fanti seine Familie verliert, trifft er auf den flauschigen Hasen Fusel und die clevere Maus Liesel. Gemeinsam begeben sie sich auf eine abenteuerliche Suche, die sie durch Wälder und über Berge führt.

Fanti, der sich aufgrund seiner geringen Größe minderwertig fühlt, findet in Fusel und Liesel wahre Freunde. Sie helfen ihm nicht nur bei der Suche nach seinen Eltern, sondern zeigen ihm auch, dass jeder einzigartig und wertvoll ist.

Die Reise der drei Freunde ist voller Hindernisse und Überraschungen. Fanti bleibt in einem Zaun stecken, versinkt in einem Matschloch, aber seine Freunde stehen ihm immer zur Seite. Sie lernen, dass Zusammenhalt und gegenseitige Unterstützung jede Herausforderung meistern können.

"Zwei außergewöhnliche Freunde" ist eine herzerwärmende Geschichte über Freundschaft, Mut und Selbstakzeptanz. Begleite Fanti, Fusel und Liesel auf ihrer abenteuerlichen Reise und entdecke, dass wahre Freundschaft keine Grenzen kennt.

Danksagung

Ich bedanke mich bei meiner Familie, anderen Autoren aus der Instabubble und meinem Verlobten Justin.

Sie sind alle da, um mich zu unterstützen.

Auch bedanke ich mich bei euch Lesern, ihr motiviert mich am meisten weiter zu machen.

www.ingramcontent.com/pod-product-compliance
Lightning Source LLC
La Vergne TN
LVHW011310210726
843509LV00017B/2924